Dieses Buch wurde von Francisco Angulo

Übersetzer Sabine Löschnigg

DINGE DIE DU NICHT TUN SOLLTEST, WENN DU SCHRIFTSTELLER WERDEN WILLST

First edition. September 1, 2023.

Copyright © 2023 Francisco Angulo de Lafuente.

ISBN: 979-8223215004

Written by Francisco Angulo de Lafuente.

Inhaltsverzeichnis

Dinge die Du nicht tun solltest, wenn Du Schriftsteller werden willst

Prolog

Falls Du es je in Betracht gezogen hast Schriftsteller zu werden, solltest Du Dir die folgenden Geschichten keinesfalls entgehen lassen!

Mit diesen 10 Episoden möchte ich einige der Erlebnisse auf meinem Werdegang zum Schriftsteller wiedergeben.

„Dies ist kein Roman, sondern eine Sammlung von Kurzgeschichten"

Dinge die Du nicht tun solltest, wenn Du Schriftsteller werden willst

..... Verleger bestechen

.... Prominente verfolgen

.... ein Buch auf Wanderschaft

.... der Prophet gilt nichts im eigenem Land

..... die etwas andere Art der Piraterie zu trotzen

..... Legasthenie

..... wenn du mein Buch nicht liest, lösche ich dich auf Facebook

..... ich bin ein halber Schriftsteller

..... @MAZON, eine Fundgrube für junge Schriftsteller

..... den Freunden auf Facebook vertrauen

Dinge die Du nicht tun solltest, wenn Du Schriftsteller werden willst

..... Verleger bestechen

. . . .

IM AUGENBLICK ERINNERE ich mich nicht mehr genau daran, wer mir erklärt hatte, dass man Verleger beeindrucken müsse...

. . . .

- BEI DIESEN ENORMEN Mengen an Manuskripten, die sie täglich erhalten, meinst du tatsächlich, dass sie sich mit deinem aufhalten werden? Du musst dich bemerkbar machen, na du weißt schon wie diese Dinge in Spanien funktionieren....

. . . .

OFFEN GESTANDEN WAR ich zu diesem Zeitpunkt verzweifelt und wäre dem Ratschlag eines jeden Irren gefolgt. Ich habe Manuskripte an Verlage verschickt, seit ich meinen ersten Roman geschrieben hatte, da war ich 18 oder 19. Ich weiß noch, dass ich mein erstes Manuskript mit Schreibmaschine getippt hatte, es war also noch nicht digitalisiert und ich ging damit in einen Kopierladen hinunter:

. . . .

- MACHEN SIE MIR BITTE 10 Kopien, einseitig und mit Ringbuch-Perforation.

. . . .

ICH WAR SO AUFGEREGT... Ich suchte die Adressen der relevantesten Verleger aus dem Telefonbuch heraus, verpackte jedes Manuskript zu einem Paket und marschierte mit ihnen aufs Postamt. Der Versand kostete mich ein Vermögen, aber das war mir nicht einmal aufgefallen, denn ich dachte ausschließlich an die Überraschung, die sich in den Gesichtern der Verleger breit machen würde, wenn sie meinen Roman läsen.

Jeden Tag ging ich zum Briefkasten hinunter, öffnete diesen und wenn ich keine Anzeichen dafür fand, dass der Postbote bereits dagewesen war, kehrte ich zurück, wartete ein Weilchen, um später noch einmal hinunterzugehen. An einigen Tagen wiederholte ich das vier- oder fünfmal, aber nicht ein einziges mal hatte ich etwas erhalten. Alles was kam war Werbung und wenn einmal ein Brief dabei war, war dieser an irgendein anderes Familienmitglied und nicht an mich gerichtet. Oft ging ich auf die Strasse hinunter um den Briefträger zu suchen und sobald mich der Mann, der mich bereits kannte sah, teilte er mir mittels einer Kopfbewegung mit, dass er keinerlei Korrespondenz für mich hatte. Es vergingen mehr als drei Monate und ich hatte die Angewohnheiten im Briefkasten herumzuschnüffeln und den Postboten mit meinen Verfolgungen zu quälen bereits wieder abgelegt, als ein kleiner Umschlag im Briefkasten lag, unterschrieben und gestempelt von einem Verlagshaus. Meine Finger umklammerten den Umschlag und ich verlor keine Zeit damit auf den Lift zu warten, sondern rannte die Treppen hinauf, ohne daran zu denken, dass ich ja im neunten Stock wohnte und etwa ab dem dritten Stock war es mir schon übel . Sobald ich in meiner Wohnung angekommen war, verschwand ich in meinem Zimmer und öffnete mit zitternden Händen, vorsichtig, damit ich den wertvollen Inhalt nicht beschädigte, den Umschlag. Mein Gesicht erstarrte und all meine Freude wurde mit einem Schlag zunichte gemacht, als ich folgendes, völlig fassungslos las:

• • • •

· · · ·

DAS WAR ALLES, EINIGE wenige Worte, keinerlei Kritik, nicht einmal eine Bewertung, nur der bittere Geschmack der Enttäuschung.

Im Laufe der Zeit kamen noch mehr Briefe an, alle mit den selben Worten; aber ich ließ mich nicht entmutigen, ich schrieb weiter und verschickte immer mehr Manuskripte mit endlos vielen Geschichten. Es vergingen fünf, zehn, ja sogar fünfzehn Jahre und die Briefe füllten bereits mehr als eine Kiste. Das war der Augenblick in dem mir, als Produkt meiner Enttäuschung, der Gedanke mit dem ‚Aufmerksamkeit erregen' kam.

· · · ·

– Du musst dich bemerkbar machen: einige verschicken ihre Bücher gebunden, andere bedruckt oder sogar parfümiert.

· · · ·

ICH ERINNERE MICH, dass mir einer meiner Freunde und Schriftstellerkollegen so etwas in dieser Art gesagt hatte.

· · · ·

DAMALS WAR GERADE WEIHNACHTSZEIT und meine Finanzlage war derartig am Tiefpunkt, dass ich bereits seit über drei Monaten weder einen Bissen Schinken, geschweige denn ein ordentliches Kotelett gegessen hatte. Dennoch entschied ich mich, mein allerletztes Erspartes in den Kauf von Schinken zu investieren, um diesen dann den Verlegern als eine Art Empfehlungsschreiben zu schicken.

· · · ·

DER SCHINKEN-BRIEF

· · · ·

EIN GUTER FREUND UND Schriftstellerkollege hatte mir erklärt, dass es in Spanien üblich wäre eine Keule Schinken zu verschenken, um zu einer vertraglichen Einigung zu kommen.

Mit allen Mitteln hatte ich versucht den Schinken in den Umschlag zu bekommen, aber es erwies sich als unmöglich, so dass ich mich letztendlich dazu entschied, ihn in Form gut eingeschweißter Scheiben zu versenden. Diesen Briefen fügte ich die erste Ausgabe hinzu.

· · · ·

PS: AUS ANGST, DASS der Schinken verloren ginge, hatte ich entschieden ihn doch selbst zu essen.

Dinge die Du nicht tun solltest, wenn Du Schriftsteller werden willst

....

.... Prominente bedrängen

....

WIR TENDIEREN DAZU zu glauben, dass uns ein Prominenter helfen könne, denn wenn wir ihn sehen ist er uns bereits vertraut. Schließlich erscheint er ja ständig bei uns zu Hause, wenn auch meist nur im zweidimensionalen Format, außer für diejenigen von Euch, die bereits einen 3D-Fernseher haben. Gewissermaßen machte ich die Überlegung, ob nicht vielleicht irgendein renommierterer Schriftsteller eine Patenschaft für mich übernehmen könnte. Für Hunde, Katzen, Kühe, selbst für Esel werden Patenschaften übernommen, kurz gesagt es wäre nur einer mehr.....

....

ICH MUSS SCHARF NACHDENKEN, denn ich weiß nämlich nicht mehr genau wie das alles begonnen hatte, ich glaube zuerst habe ich meine Romane per Post verschickt: Fernando Sánchez Dragó, Arturo Pérez-Reverte, Federico Moccia, Stephen King... zweifellos, ich war übergeschnappt. Italienisch ist fast wie Valenzianisch; und ‚Sprechen nicht alle Amerikaner Spanisch?'

Ihr denkt vermutlich, dass dieser Typ nicht ganz bei Sinnen ist. Allerdings werde ich euch weder Telefonnummern, noch Adressen angeben, sonst seid ihr noch im Stande und begeht den selben Fehler wie ich.

Wie viele Romane ich verschickt habe? Vierzig, fünfzig, vielleicht hundert, ich weiß es nicht, ich habe den Überblick verloren. Allerdings kann ich euch genau sagen wie viele Antworten ich erhalten habe, nicht eine einzige.

Ich hatte das katastrophale Postservice satt und entschloss mich zur Tat zu schreiten. Meinen Rucksack voller Romanen gepackt, brach ich auf um der Prominenz aufzulauern.

Alberto Vázquez Figueroa traf ich während einer Buchpräsentation und sobald ich die Chance hatte, schenkte ich ihm eines meiner Bücher. Er bat mich sogar um eine Widmung, was stand also dem entgegen, dass ich sein Buch kaufte und ihn bat es zu signieren? Wir hatten scheinbar einige Dinge gemeinsam, nicht nur was die Literatur, sondern auch was die Forschung betraf. Alberto arbeitete jahrelang an einem Projekt über energiesparende Meerwasserentsalzung und ich mit Escofa an Projekten zur erneuerbaren Energie. Somit gab es keinerlei Schwierigkeiten für mich, ein Gespräch mit ihm anzufangen und zu plaudern, bis die Fans sich langweilten.

Bei einer anderen Gelegenheit überreichte ich Al Gore ein Manuskript, dieses mal selbstverständlich ins Englische übersetzt. Ich stammelte einige Worte in meinem Spanglish und er antwortete nicht nur, dass er es lesen würde, sondern fügte auch noch hinzu, dass er bereits von mir

· · · ·

UND MEINEM PROJEKT gehört hatte. Unglaublich, welche Wunder das Internet heute vollbringt.

Außerdem sprach ich mit Eduardo Mendoza, Lucía Etxebarría, Javier Reverte, Maruja Torres, Lorenzo Silva und sehr vielen mehr.

Das, was ich von ihnen allen lernte war, dass es keinen anderen Trick gab, als viel zu lesen und noch mehr zu schreiben.

Ich rate Euch zu arbeiten und das zu schreiben was Euch gefällt, viel Spaß dabei zu haben und es zu genießen.

Und wenn Euch eines Tages ein junger Typ mit einem Rucksack und einem Roman in der Hand verfolgt, erschreckt nicht, denn möglicherweise will er Euch nur ein Exemplar schenken.

Dinge die Du nicht tun solltest, wenn Du Schriftsteller werden willst

....

...ein Buch auf Wanderschaft

....

ICH BIN MIR SICHER, dass ihr schon alle einmal etwas von ‚bookcrossing' gehört habt. Wie faszinierend, man lässt ein Buch an einem völlig unvermuteten Platz liegen: In der Aushöhlung eines Baumes, an einer U-Bahn-Haltestelle oder in einer Telefonkabine. Das Buch wird von einer wunderbaren Person entdeckt, die es hingebungsvoll lesen wird, um es dann wieder an einem anderen Ort zu deponieren, damit dieses Werk seine Reise fortsetzen kann. Der Roman wird von Dorf zu Dorf und Stadt zu Stadt reisen, per Auto, Bus, Zug, Schiff oder Flugzeug wird er die ganze Welt durchqueren....

Ich öffne eine neue Kiste mit Büchern, in der Hoffnung sie zu leeren, um wieder etwas mehr Platz in meinem Zimmer zu haben, zumindest um mich hinsetzen zu können. Vier Kisten mit meinem Roman ‚Die Reliquie' bilden den Schreibtisch, zwei mit ‚Der Schnüffler' dienen als Abstelltisch und noch einmal so viele tragen die Matratze. Außerdem befinden sich Romane auf dem Schrank, in einer Schublade unter der Kleidung, hinter der Küchentür und der Tür zum Wohnzimmer. Ich fülle meinen Rucksack rappelvoll und kann wegen des großen Gewichts kaum noch gehen. Ich ziehe auf die Straße los und beginne zu analysieren, wo ich mich denn von dem ersten befreien könnte. An der Autobushaltestelle lassen mich zwei Klatschtanten nicht aus den Augen. Ich öffne meinen Rucksack und hole ein Exemplar heraus, aber sie sehen

mich schief an. Sie erwecken nicht den Eindruck von Leseratten...
Möglicherweise, wenn es sich um eine Klatschzeitschrift oder um die
Memoiren von Ana Rosa handelt...

Der Autobus kommt, ich spiele den Gedankenverlorenen und
schaue auf die andere Seite:

• • • •

Junge! Steigst du ein oder sonst fahre ich los?! – Schreit mir
der Busfahrer zu.

• • • •

ALS ICH ENDLICH EINE Möglichkeit gehabt hätte, begann sich
die Station wieder zu füllen. So dachte ich, dass es wohl besser wäre
woanders hinzufahren, vielleicht ins Stadtzentrum, in Madrid würde ich
sicher eine Gelegenheit haben.

• • • •

ICH STIEG IN DEN ZUG ein, ging von einem Ende zum anderen,
auf der Suche nach einem leeren Wagon, wo ich ein Exemplar liegen
lassen konnte. Ich fand einen idealen Platz und ließ ‚Die Reliquie' auf
einem Sitz liegen, dann entfernte ich mich vier oder fünf Meter, setzte
mich und wartete. An der nächsten Haltestelle füllte sich der Zug zum
Bersten. Alle sahen auf das Buch, aber niemand wollte es anfassen. Dann
tauchte ein typischer Junkie auf, völlig heruntergekommen und

• • • •

SCHICKT SICH AN ‚EL suplicio que hay que aguantar' – ‚die Qual
die man ertragen muss'- zu singen. Er durchquerte den Wagon und
bettelt um Geld, das er vermutlich brauchte, um sich aufs Neue zu
benebeln. Sobald er das Buch sah, stürzte er sich darauf, als ob es ein
Schatz wäre, ein Iphone oder eine goldene Uhr, er steckte es in seinen

Hosenbund und somit passte ihm sein Gürtel besser. Ich stieg an der nächsten Station aus, verließ Atocha und marschierte Richtung Sol. Ich sah eine Telefonzelle und blitzartig ließ ich dort ein weiteres Exemplar liegen. Rückwärts schauend marschierte ich sofort weiter, allerdings verunsicherte mich ein schwarz gekleideter Mann. Ich wollte nur schleunigst abhauen, aber dieser Kerl versuchte mich einzuholen. Die Montera- und Carretasstraße sind nicht gerade die Gegend, wo man stehenbleibt, um zu plaudern. Ich rannte also los und hörte ihn schreien:

– ¡He Junge, hast ein Buch in der Telefonzelle liegenlassen, hast es wohl vergessen!

- Nein, nein Sie irren sich, das ist nicht meines...

• • • •

ABER DER TYP GIBT KEINE Ruhe und lässt nicht locker bis die Polizei kommt, um nachzusehen was denn geschehen sei. Vor den Beamten muss ich bekennen, dass das Buch meines ist und ich war gezwungen mich bei dem Herrn bedanken. Wie auch immer, die Polizisten schauten mich dermaßen missgelaunt an, dass ich ihn sogar umarmen musste.

• • • •

FRUSTRIERT MACHE ICH mich auf den Weg und gehe wieder in die Station hinunter und treffe erneut auf den Drogenabhängigen, der nicht nur Sänger und Schauspieler zu sein scheint, sondern auch Händler. Auf dem Boden hat er einen Karton ausgebreitet, mit Dingen darauf die er unterwegs gefunden hat und im Zentrum davon liegt sein wichtigster Artikel, mein Buch.

Wie viel kostet das Buch? – fragte ich den Obdachlosen

• • • •

– Wie viel kannst du mir denn geben?

. . . .

– Zehn Euros?

. . . .

– Das ist sehr wenig für dieses Exemplar. Aber Moment mal, ich kenne dich, ja, ja , ich hab dich irgendwo gesehen...

. . . .

– Nein, das glaube ich nicht.

. . . .

– Du, du bist Francisco Angulo, bitte unterzeichne mir dieses Buch. Schreib: Für meinen Freund Blas.

. . . .

WELCHE FREUDE ER MIR machte! Er war etwas auf Drogen, schmutzig und ungepflegt, aber er war mein erster Fan! Ich war genauso arm und konnte ihm nicht helfen, aber ich gab ihm die zehn Euros unter der Bedingung, dass er in irgendeiner Bar Abendessen ginge.

Dinge die Du nicht tun solltest, wenn Du Schriftsteller werden willst

• • • •

... der Prophet gilt nichts im eigenen Land

• • • •

VERGANGENEN DONNERSTAG schaute ich bei einer Buchpräsentation von Albert Espinosa vorbei, ehrlich gesagt ohne große Lust, denn der Herbst deprimiert mich immer und etwas über Krebs zu hören, erschien mir nicht unbedingt dienlich. Ich muss sagen, dass ich mich von dort mit der allerbester Laune wieder auf den Weg machte, Albert ist ein Wahnsinnstyp.

Wie immer kam ich mehr als eine halbe Stunde zu früh und da ich nichts zu tun hatte, drehte ich im Ausstellungssaal des Kulturzentrums Tomás y Valiente eine Runde. Ich sah eine Unmenge an Veranstaltungs-Foldern, Flugblättern und Lesezeichen der Stadtverwaltung, also griff ich in meinen Rucksack und holte einen Stapel Lesezeichen zu „Kompanie N°12" hervor. Ich mag diese Unsitte, den Freunden Lesezeichen zu schenken, nicht. Im Gegenteil es erscheint mir sogar äußerst anmaßend: Ich gebe dir ein Lesezeichen und dann sehen wir mal ob du ein Buch kaufst. Das erinnert mich an diese Hochzeitseinladungen und ich frage mich, warum nennt man sie Einladungen, wenn der Gast derjenige ist, der bezahlen muss? Ich hatte es immer vorgezogen Romane zu verschenken, so gab es keine Ausrede sie nicht gelesen zu haben. "Ich hab ihn gesucht, aber nicht gefunden, diesen Monat bin ich sehr knapp bei Kasse etc." Leider war es mir unter den damaligen Umständen unmöglich mit dieser Tradition fortzusetzen, zumal es sich bei ‚Sharedpen' um einen nordamerikanischen Verlag handelte und sie mir nur einige wenige Exemplare auf Grund der hohen Transportkosten zugesandt hatten.

Als ich meine Lesezeichen auf dem Schalter positionieren wollte, nahm ich einen Stich war. Es war der missgelaunte Blick des Fräuleins an der Rezeption

— Kann ich ein paar Lesezeichen hier lassen?

. . . .

— Aber nein mein Herr, es sind nur die der Stadtverwaltung Fuenlabrada zugelassen.

DAS LIESS MICH AN VERGANGENE Zeiten erinnern, als ich bei irgendeiner Gelegenheit auf Bürgermeister Don Manuel getroffen war. Es waren meine Anfänge und ich hatte meinen Rucksack randvoll mit dem Roman „Die Reliquie" gefüllt. Ich ging auf ihn zu und schenkte ihm ein Exemplar.

— Sagen sie bloß, dass sie Schriftsteller sind und aus Fuenlabrada kommen? Bitte unterzeichnen sie es mir, ich bin eine absoluter Büchernarr ...

. . . .

ER ERKLÄRTE MIR, DASS ich das Buch über die Gemeinde verlegen hätte können, da ihnen Kultur ein großes Anliegen sei. Der Mann war, als guter Politiker im Wahlkampf, ausgesprochen liebenswürdig und herzlich. Innerhalb weniger Tage erhielt ich einen Anruf aus dem Bürgermeisteramt, man vereinbarte einen Termin mit mir und ich traf mich mit ihm in seinem Büro. Wir plauderten eine ganze Weile miteinander, ich erklärte ihm mein Projekt mit dem Buch ‚Escofa' und er schien sehr interessiert.

- Diesmal kannst du die Veröffentlichung uns überlassen.

• • • •

ICH SOLLTE MICH NUR mit einem Textentwurf in der Kulturabteilung präsentieren und um alles andere kümmern sie sich dann. Ich bereitete eine CD mit dem Buch in PDF-Format vor und entwarf dafür eine unglaublich coole Hülle, so als ob es sich um die DVD eines Spielfilmes handeln würde. Darin war alles bestens organisiert: Der Text in PDF, die nummerierten Bilder und ein detailliertes Dossier. Sie sagten, dass sie mich anrufen würden, aber es vergingen einige Tage und danach einige Wochen und danach einige Monate, der Wahlkampf war beendet und obwohl alles beim Gleichen blieb, erhielt ich nicht ein Zeichen von Ihnen. Ich rief an, aber der Kulturstadtrat konnte mich jetzt nicht mehr empfangen, er war immer sehr beschäftigt und konnte mir nicht zuhören. Man erzählte mir, dass ihnen die CD gestohlen wurde. Da der Umschlag so schön war, wird wohl jemand gedacht haben, dass es sich um irgendeine audiovisuelle Neuheit handelte. Ich bereitete ihnen eine Neue vor und übergab sie ihnen nochmals, damit sie den Roman veröffentlichen konnten. Und noch einmal vergingen Tage und dann Monate, bis ich mich entschloss anzurufen:

- Habt ihr den Entwurf verloren oder ist er euch wieder gestohlen worden?

Nun, etliche Monate nach den Wahlen, kannte mich niemand mehr, niemand schien etwas zu wissen oder sich an etwas zu erinnern , bis ich endlich den Leiter der Kulturabteilung zu sprechen bekam:

- Für dieses Jahr haben wir das Kulturbudget bereits ausgegeben! Probieren Sie es doch nächstes Jahr wieder....

• • • •

ICH SOLLE ES WIEDER probieren, wie die Teilnahme an einer Verlosung... Tut mir leid, das mit dem Glücksspiel ist nichts für mich...!

••••

ZUM DAMALIGEN ZEITPUNKT war es dann mein Verlag, der mich veröffentlichen wollte, außerdem hatte ich bereits einige Buchpräsentationen abgehalten und wurde auf Konferenzen eingeladen. Die schönste Erinnerung habe ich an die allererste in einem Dörfchen in Leon, Soto de la Vega. Man zahlte mir die Reise und das Hotel, lud mich zum Mittag- und Abendessen ein und das ganze Dorf bemühte sich um mich, sie behandelten mich, als ob ich ein Genie wäre. Danach folgten viele weitere und man lud mich nicht nur ein, sondern man bezahlte mich sogar.

••••

WIE DAS SPRICHWORT sagt, gilt der Prophet in seinem Vaterland nichts; aber Gott sei Dank, wenn wir aufbrechen und andere Regionen oder Länder bereisen, können wir uns alle etwas Anerkennung verdienen.

Dinge die Du nicht tun solltest, wenn Du Schriftsteller werden willst

. . . .

...eine etwas andere Weise die Piraterie zu bekämpfen

. . . .

VOR NUR WENIGEN TAGEN konnte man in der Presse ein außergewöhnliches Statement lesen. Die Schriftstellerin Lucía Etxebarría erklärte sich von der Piraterie besiegt:

Ich werde dem keine weitere Zeit mehr widmen, ich werde nicht drei Jahre meines Lebens vergeuden und an neuen Büchern arbeiten, die dann jeder Banause illegalerweise aus dem Internet herunterladen kann.

. . . .

EBENSO EXISTIERT SOGAR die absurde Idee, dass für tausend gratis herunter geladene Bücher, dann auch tausend Exemplare weniger verkauft würden. Aber ist daran auch nur irgendetwas wahr? Bereits vor dem digitalem Zeitalter gab es Bibliotheken... Warum also kaufte man sich Bücher, wenn sie dort jedermann umsonst lesen konnte?

Ich erinnere mich gut an die Zeit, nun, so lange ist es ja auch noch nicht her, als die wenigsten Computer mit dem Netz verbunden waren. Sie eigneten sich für Videospiele mit Marsmännchen auf leuchtenden Bildschirmen, aber für nicht viel mehr. Ich schrieb meine Romane und selbstverständlich, wenn ich wollte, dass sie jemand liest, musste ich sie auf Papier ausdrucken. Darauf begann dann der Leidensweg; die Manuskripte an die verschiedenen Verleger zu schicken war eine mühselige Arbeit, langsam und sehr teuer. Ich nahm auch an literarischen Wettbewerben teil, davon spreche ich lieber nicht allzu viel. Denn, wie es scheint, haben sie dort nicht einmal vom PDF-Format gehört und noch viel weniger von elektronischen Büchern. Somit werden die Romane nach wie vor in doppelter, dreifacher oder sogar vierfacher Ausgabe angefordert, selbstverständlich einseitig bedruckt, mit zweizeiligem Abstand geschrieben und gebunden. Nicht nur, dass es ein Vermögen kostet, so eine Sendung zusammenzustellen, vor allem in meinem Fall, da ich als unermüdlicher Arbeiter bei einigen Wettbewerben mehrere Bücher präsentiert hatte, sondern auch weil ich es absolut nicht witzig finde, dass für jede Person die an so einem Wettbewerb teilnimmt, ein Baum abgeholzt, geschnitten und zerkleinert werden muss, um ihn in Papier zu verwandeln. Da ich das Ziel hatte, dass man meine Werke liest, waren das schwierige Momente für mich. Mir wurde klar, dass es sich letztlich immer nur um Geld und nicht um deine Hingabe oder Anstrengung drehte. Wenn jemand den Wunsch hat, dass sein Buch herauskommt, ist es ein Kinderspiel sich zu ruinieren. So kam es, dass ich mich, nachdem ich mehr als zehn Jahre lang meine Manuskripte zu Wettbewerben und an Verleger geschickt hatte, dazu entschied, meinen ersten Roman auf eigene Kosten und Risiken zu veröffentlichen. Ein kleiner Verlag übernahm die Veröffentlichung, natürlich aus meinen Taschen finanziert. So erschien mein erster Roman „Die Reliquie" ohne Vertrieb auf ‚dem Markt' und es vergingen mehrere Monate, ohne das er das Lager verlassen hatte. Wie die Mehrheit der Schriftsteller-Neulinge, musste ich nun sowohl den Verteiler und als auch den Verkäufer spielen. Der Traum, meinen Roman in den Regalen des Cortes Ingles zu sehen war verflogen, ich sah ihn zunichte gemacht, als mir mein Verleger zwei Kisten mit der gesamten Auflage übergab. "Wir erreichten, dass der Roman im 'La Casa del Libro' verkauft wurde. Auch wenn mir die Veröffentlichung zehn Euro pro Exemplar kostete und es um achtzehn verkauft wurde, erhielt ich als Autor nur acht: ich verlor also bei jedem Buch, dass verkauft wurde zwei Euro, das heißt je mehr Bücher sie verkauften, umso ärmer wurde ich". Aber ich war fest dazu entschlossen, dass die Leute meinen Roman lesen sollten, so fragte ich in einer Druckerei an und und nachdem ich einen Kredit aufgenommen hatte, saß ich über beide Ohren hin verschuldet in der Falle. Dieses mal druckten sie sehr wohl eine ordentliche Auflage. Unmengen an Kisten mit tausenden von Büchern lagerten nun in meiner Wohnung. Das erste was ich machte, war es alle Bibliotheken anzurufen, um ihnen mein Buch zu spenden. Dann hatte ich den Kofferraum meines Wagens immer mit einer Kiste voller Bücher beladen und meine Bekleidung wurde durch einen violetten, mit meinen Werken gefülltem Rucksack vervollständigt. Jedermann den ich traf, erhielt eines geschenkt und ebenso gelang es mir meinen Roman in den Regalen der Buchhandlungen und jener großen Warenhäuser zu sehen, in denen ich einkaufte. Allerdings auf eine nicht ganz seriöse Weise "Es handelte sich, zumindest bezeichnete ich dieses Phänomen so, um eine wundersame Bucherscheinung ". Ich ging mit mehreren Büchern in meiner Umhängetasche versteckt in den ,Cortes Ingles' und deponierte sie an einer guten Stelle, wo sie von jedermann im Vorbeigehen gesehen werden konnten. Es brachte mich zum Träumen, meinen Roman an diesem Ort, umgeben von den meist verkauften Bestsellern zu sehen....

Letztendlich war es diese analoge Art und Weise, die Leute dazu brachte meine Bücher zu lesen, sie lasen sie nicht nur, sondern schrieben mir auch und riefen mich sogar an. Die Benutzer der Bibliotheken kommentierten meinen Roman und empfahlen ihn weiter. Endlich hatte ich erreicht, dass jemand meine Werke las. Heutzutage kann mit Hilfe des Internets die ganze Welt meine Romane gratis herunterladen und weder ist das Medium Papier notwendig, noch muss man sich ruinieren, um gelesen werden zu können. Täglich werden meine Romane, dank des Internets, tausendfach heruntergeladen.

In Google-books und auf vielen anderen Webseiten kann man meine Bücher lesen und gratis herunterladen.

Dinge die Du nicht tun solltest, wenn Du Schriftsteller werden willst

....

...Legasthenie

ICH KANN MIR FÜR JEMANDEN der Schriftsteller werden möchte, wohl nichts Schlimmeres vorstellen als Legastheniker zu sein. Mich ließen sie sogar bei den Mathe-Prüfungen wegen meiner Rechtschreibfehler durchfallen. Ich entschied mich also dazu, die schulische Ausbildung zu beenden oder vielmehr hat man mich dazu gezwungen, diese Entscheidung zu treffen.

· · · ·

IMMER NOCH GLAUBEN manche, dass ich nicht genug lese und schreibe!

· · · ·

ICH WAR GENAUSO DIESER Ansicht: Seitdem ich fünfzehn oder sechzehn bin, habe ich jeden Tag gelesen, wann immer ich konnte und genauso schrieb ich und machte Zusammenfassungen. Ich habe mehr als zehn Bücher geschrieben, aber trotzdem kann ich nicht sagen ob man Wolke mit ck oder k schreibt.

Man sagt, dass die meisten Sprachen den gleichen Regeln folgen, doch unser Verstand verknüpft, ebenso wie einst bei den ersten primitiven menschlichen Wesen, Bilder mit Geräuschen. Zuerst gab es Zeichnungen, etwas später Symbole und dann Wörter und Buchstaben. So betrachtet könnte man ein dickes, weiches und rundes Ding "BUBU" nennen und ein spitzes Ding mit vielen Klingen beispielsweise "KIKI" und so ist es in den meisten Sprachen die Regel...

· · · ·

ABER, WAS IST IN SPANIEN passiert: Die Römer auf der einen Seite, auf der anderen die Wikinger und weiter unten die Araber und Afrikaner; und all dies zusammen wurde dann von den ersten Schriftgelehrten, christlichen Mönchen interpretiert.

· · · ·

KURZ UND GUT, FÜR MEIN primitives Gehirn ist es unmöglich einen Sinn zu erkennen:

. . . .

WARUM HAST DU MIR DIESMAL geschrieben und nicht tismal geschriben und warum traf ich dich und warum draf ich tich nicht, ich begreife es einfach nicht. Es gefiel dir vieles leuchtet mir genauso wenig ein, denn es könnte dir ja auch files gevallen. Ebensowenig verstehe ich warum die Kellnerin nur die Hälfte gebracht hat und nicht die Kälnerin nur die Helfte .....

. . . .

UND DAS SIND NUR DIE Konflikte zwischen d und t und i und ie und e und ä und f und v, dann kommt ja noch b und p und k und ck und s und ß und z und tz und das stumme h und.........

. . . .

AUSSERDEM LERNE ICH schon seit meinem achten Lebensjahr Englisch, man merkt also, dass hier irgendetwas nicht richtig funktioniert. Vielleicht mein Gehirn?

. . . .

OFFENBAR GIBT ES VIELE Menschen mit dem gleichen Problem wie ich: Bill Gates, Tom Cruise, sogar Barack Obama und so schlecht ist es ihnen nicht ergangen. Selbstverständlich darf man nicht vergessen, dass sie keine Spanier sind, denn in unserem Land hätte man sie nicht einmal durch die Grundschule gelassen.

. . . .

ZUM GLÜCK HABE ICH jetzt einen PC und mit den Genies von Google kann ich heute in jedem Chat schreiben, Twitter und Facebook verwenden und habe sowohl einen Blog, als auch meine eigene Homepage. So gründete ich seinerzeit einen Verein der analphabetischen Schriftsteller "Ferrain der analfabätischen Schriffdschdella " und ich war überrascht zu sehen, wie viele wir waren, hunderte ja tausende...

• • • •

HEUTE WEISS ICH, VÖLLIG egal wie viel ich lese oder schreibe, ich werde mich immer als Analphabet betrachten. Aber nicht irgendein Analphabet... Ich bin Schriftsteller!

Dinge die Du nicht tun solltest, wenn Du Schriftsteller werden willst

....

..WENN DU MEIN BUCH NICHT liest, lösche ich dich auf Facebook-

- Ich wusste ja nicht, dass du Schriftsteller bist! – So befreite ich mich von einem

meiner Freunde auf Facebook...

. . . .

MEHR ALS FÜNF JAHRE verbrachte ich damit ihm Einladungen zu meinen Präsentationen zu senden und außerdem habe ich ihm alle Neuigkeiten über meine Bücher gepostet, bis hin zu den Werbevideos

– Aber du hast doch immer angegeben, dass du an meinen Events teilnimmst und markiert, dass dir all meine Texte, Fotos und Dokumente gefallen

. . . .

– Tut mir leid, ich wusste nicht, dass du ein Buch geschrieben hattest.

. . . .

– Aber es sind jetzt zehn Romane... Mag sein, dass du die Prologe nicht gerne liest, aber du musst zu mindest die Titelseiten gesehen haben.

. . . .

– Ich dachte, dass es um Filme geht.... ich lese äußerst ungern...

. . . .

UNGLAUBLICH, ICH WAR vollkommen baff, dieser Typ folgt mir seit Jahren, postet mir täglich einen Kommentar über sein wertes Befinden, per GPS lokalisiert von McDonalds, BurgerKing oder irgendeiner Kneipe aus, und obendrauf hat er mir hunderte von Einladungen, um eine Farm zu bauen, geschickt. Und jetzt stellt sich heraus, dass er nicht einmal mein Profil gelesen hat, worin steht, dass ich Schriftsteller bin oder bemerkt, dass er der Anhänger des Blogs eines Schriftstellers ist.

• • • •

AN DIESEM PUNKT ANGEKOMMEN, platzte ich heraus:

– Warum hast du mich bei Facebook eingeladen?

• • • •

– Entschuldigung, aber du warst es, der mir die Freundschaft angeboten hatte, ich verschicke schon seit Jahren keine Einladungen mehr.

• • • •

ÜBRIGENS IST MEINE Postbox mit Freundschaftsanträgen überfüllt, hauptsächlich von Jugendlichen in Unterwäsche, egal ob es sich um Twitter, Facebook oder um ein berufliches Netzwerk handelt. Und ihr braucht dabei an nichts Schlimmes zu denken, ich beziehe mich ausschließlich auf die professionellen, beruflichen und unternehmerischen und nicht auf sexuelle Kontakte ....

• • • •

ES LEBE DIE MANIPULATION; bei Facebook geht man extrem oft zu weit, nicht einmal den Freunden, die mir zum Geburtstag gratulieren, kann ich antworten: Ich teile jemanden mit, dass mir seine Anmerkungen gefielen und man antwortet mir, dass ich nicht die dementsprechende Erlaubnis habe dieses zu tun ... Das Zeitalter der Information, in dem die ganze Welt ihre Meinung wiedergeben kann...

Nun, weitaus wichtiger ist es, dass deine Meinung positiv ist, denn falls sie das nicht ist, markiert man dich unmittelbar als Spam und dein Konto wird gelöscht. Es existiert keine größere Manipulation und es gibt kein kapitalistischeres und faschistischeres System, als jenes, das in den sozialen Netzen angewandt wird. Gegen Bezahlung kannst du Millionen von Fans auf Twitter oder Facebook gewinnen und wenn du arm bist, kannst du dich nicht einmal bei deinen Geburtstagsgratulanten bedanken.

· · · ·

DAS GANZE WIRD ALLERDINGS noch weitaus absurder: ich habe einen Blog unter dem Namen „ Meine Bücher" von Francisco Angulo im Internet und wenn ich eine Rezension poste, wird diese als Spam gesperrt. Man kann nur über das Wetter, Mafia Kriege und Framville 1 und 2 kommunizieren und darüber, wie gut Lady Gaga singt.

· · · ·

SO IST ES MANCHMAL besser, den Computer auszuschalten, sich in einen Lehnstuhl zu setzen und etwas zu lesen, ein gutes Buch wie ,Der Schnüffler' und einen guten Tee oder Kaffee zu trinken.

· · · ·

PS:. BITTE SCHICKT mir keine Freundschaftsanträge mit falschen Profilen oder mit Fotos von Topmodellen mehr und bitte hört auf, meine Postbox mit Emails zu füllen, in denen mich jemand zu seinem Erben machen will. Ich weiß schon, ihr braucht bloß meine Kontonummer, um das Erbe zu überweisen...

Dinge die Du nicht tun solltest, wenn Du Schriftsteller werden willst

.....

.....ich bin ein halber Schriftsteller

....

FRÜHER BRAUCHTE MAN nur eine Geschichte aufzuschreiben und schon wurde man als Schriftsteller betrachtet: Ein Blick in die Bibel genügt ...

Später wurde, mit wachsendem Wissen und Kultur, die Gruppe jener Schriftsteller geboren, die nur ein Buch geschrieben hat: In unserem Land gab es Unzählige davon... Vor nicht allzu langer Zeit begannen Trilogien in Mode zu kommen: um Schriftsteller zu sein, war es nicht genug irgendeinen dicken Schinken zu schreiben, nein, man musste einen aus mehreren üppigen Bänden bestehenden Wälzer veröffentlichen. Und heute im digitalen Zeitalter, kannst du, nachdem du zehn oder zwanzig Romane geschrieben hast, höchstens darauf hoffen, dass sie dich einen halben Schriftsteller nennen....

– Du hast ein Buch geschrieben? Bitte unterschreib es für mich!

– Jetzt sind es schon mehr als zehn. – Antwortete ich, während ich ein Exemplar für ihn unterzeichnete.

....

ICH SPRECHE VON EINEM Bekannten, der auf einem unserer Familientreffen erschien. Manchmal bereitet es halt Vergnügen sich ein bisschen aufzuspielen und sei es nur damit, sein Buch vor der Verwandtschaft zu verschenken.

• • • •

– Und? Worum geht's in der Geschichte?

• • • •

– ‚Die Reliquie' war der erste Roman, den ich veröffentlicht hatte, so um das Jahr 2006 herum, es ist eine in der Sciencefiction beheimatete Abenteuergeschichte, die allerdings auch eine große Portion Humor und die eine oder andere Liebesgeschichte enthält ...

• • • •

ICH MACHTE EINE BEMERKUNG zum Buch, als ich meine Unterschrift unter eine kurze Widmung setzte.

– Das ist schon ein älteres Buch, jetzt schreibe ich besser, mit gewählterer Ausdrucksweise, weniger Sciencefiction und etwas mehr Action; aber immer mit einer Botschaft im Hintergrund. Ich glaube entscheidend ist es, dass du etwas mitzuteilen

hast ....

Wie auch immer, hab ich es dann dem erwartungsvollen Leser übergeben. Häufig pflegen sie dann, den großen Literaturkenner zu spielen und mit ihrer Belesenheit anzugeben. Mehr Vertrauen habe ich zu den Leuten die fragen: Und, wann kommt der Film dazu raus?
Nur gut, meinte ein Freund von mir, dass in diesem Land alle schreiben und keiner liest....

30

. . . .

– Sehen Sie, mein Enkelsohn ist halber Schriftsteller! –
Platzte mein Großmutter heraus, und hat damit meinen
Versuch zu beeindrucken völlig verpfuscht. Wie gewonnen so
zerronnen...

WO SIND BLOSS DIE ZEITEN geblieben, in denen es genügte eine Geschichte zu schreiben, um als Schriftsteller zu gelten und man darüber hinaus auch noch zum Heiligen erhoben wurde.....

Dinge die Du nicht tun solltest, wenn Du Schriftsteller werden willst

....

... ...@MAZON eine Fundgrube für junge Schriftsteller

....

WIE DIE MEHRHEIT DER jungen Schriftsteller, habe ich über Jahre hin versucht irgendeinen großen Verlag zu finden, der einige meiner Bücher veröffentlichen würde. Enttäuscht und desillusioniert darüber, immer wieder die selbe Antwort zu bekommen, kopiert und ohne die geringste Aufmerksamkeit, versuchte ich über das Internet Bekanntheit zu erlangen.

Elektronischen Bücher waren etwas Ungewöhnliches; neuartige, mysteriöse Apparate, von denen niemand so genau wusste wie sie funktionierten. Man musste die Helligkeit und den Kontrast einstellen, damit die Sehkraft nicht in Mitleidenschaft gezogen wird...

Zwei ganze Stunden lang hielt ich es aus, auf diesem faden Gerät zu lesen, einem Apparat mit ,tft'- Display auf dem man nur ,txt' lesen konnte, mit flimmernden Buchstaben, unscharf, verschwommen und stressig. Danach Schwindel, Übelkeit und Erbrechen; das verdammte Ding musste wohl vom Optikerverband gesponsert worden sein oder wie die Holzbrille von Tante Manuela funktionieren, je mehr man sie benutzt, umso blinder wird man.

Tatsache ist, dass man es nicht länger als zwanzig Minuten benutzen konnte, ohne es an das Stromnetz schließen zu müssen, die Batterie hatte weniger Energie, als ein Aufziehspielzeug. Wer würde schon 600€ für ein derartiges Buch ausgeben? Ein paar verrückte Freaks ....

Aber @mazon kam und setzte sich durch, präsentierte sein Kindle und außerdem kann man jetzt Bücher gratis für den PC, Tablet und Smartphone herunterladen. Jahrelang hatte ich meine Bücher in Blogs und auf Webseiten gestellt, aber dies nützte dir nicht viel, wenn du kein gutes Lesegerät hattest, das kompatibel war.

Die guten E-book-Buchhandlungen ließen dich natürlich nur dann erscheinen, wenn du den Rückhalt eines der großen Verlage hattest. Der auserwählte Klub großer Literaten und ihre gefeierten Werke und Vermächtnisse an die Menschheit: Harry Potter, der Da Vinci Code und irgendein anderer Titel eines spanischen Autors, der kürzlich seinen Namen gegen ein Pseudonym eingetauscht hat, um englisch zu erscheinen...

> – Wenn du Bücher verkaufen willst, musst du zuerst deinen
> Namen verändern, niemand wird ein Buch von irgendeinem
> Angulo kaufen... – Dies sagte mir ein Verleger, und
> selbstverständlich schickte ich ihn zum...

Wer hätte gedacht, ganz allmählich, wuchs die Zahl der Leser der elektronischen Bücher und ich konnte, da ich bei Planeta nichts unterzeichnet hatte, je nach Lust und Laune den Preis senken oder die Bücher sogar verschenken. Über Nacht befand ich mich unter den meist verkauften, den Top 10 von Amazon und ihr werdet es nicht glauben, jetzt sind es die Verleger, die mir schreiben und versuchen ihre Schäfchen ins Trockene zu bekommen.

> – *Und ich bin weder Deutscher, Engländer oder Amerikaner*
> *noch Franzose. Ich bin aus einem armen Viertel von Madrid...*

Dinge die Du nicht tun solltest, wenn Du Schriftsteller werden willst

. . . .

...den Freunden auf Facebook vertrauen

. . . .

ICH WAR WOHL EINER der ersten mit einem Facebook-Konto, ich dachte Schriftsteller zu sein, sei ein guter Grund. Innerhalb kürzester Zeit begannen die Freundschaftsanfragen einzutrudeln, Schriftsteller, Dichter, Erzähler und Verleger; ich konnte zu keinem Nein sagen...

Schon im ersten Jahr war das Konto brechend voll, ich hatte fünftausend Kontakte und wollte keinen einzigen neuen mehr annehmen. Was machte ich also? Mit einem Schriftstellerkollegen wollte ich es mir nicht verderben. Viele verstanden nicht warum ich sie nicht akzeptiert hatte und dachten, dass es sich um etwas Persönliches handelte. Also blieb mir nichts anderes übrig, als noch ein Konto zu eröffnen, das Profil N°2, eine Sache die laut Facebook, völlig illegal ist. Das ganze nützte allerdings überhaupt nichts, denn nach wenigen Monaten war es genauso überfüllt und mir blieb nichts anderes übrig, als noch eines zu eröffnen...

Ich habe sieben Konten und insgesamt um die 30.000 Kontakte. Jedoch stellte sich heraus, dass mich zwar mehr als Tausend anklicken, akzeptieren und bestätigen wenn ich eine Präsentation ankündige, aber von diesen Tausend erscheinen dann keine zwei.

Jeder postet mir die Werbung für seine Bücher, und nach wie vor gibt es irgendeinen zerstreuten Bauunternehmer, der seine Wohnungen promoten will, als ob wir nicht schon genug Schulden hätten. Ich lud ein

Buch auf meiner Webseite hoch und auf Wattpad, Amazon, etc.... Den Link um es gratis herunterzuladen, habe ich an jedermann gesendet und dazu GRATIS groß und deutlich angebracht, aber trotzdem, nicht eines wurde heruntergeladen.

Also machte ich mich daran mit einem dieser berühmten Schriftsteller, die zu tausenden in meinen sozialen Netzen lagerten, zu kommunizieren.

– Was hältst du von meinem Roman ‚Kompanie N°12'? Ich wäre dir äußerst dankbar, wenn du mir eine kurze Kritik zukommen lassen könntest. Gute oder Schlechte, die Meinungen anderer helfen uns immer dabei uns zu verbessern...

– Tut mir leid, ich bin Produzent und kein Leser. Ich schreibe nur, ich hatte schon genug davon, als sie mich in der Grundschule zwangen Bücher zu lesen – Und dabei blieb es.

Ich hatte schon gesagt, dass ich aus einem armen Viertel stamme, dass ich nicht viel Geld habe und obendrauf Legastheniker bin. Viele Bücher kann ich mir nicht kaufen und auch wenn ich manchmal einem erliege, beziehe ich meine Bücher vor allem aus Bibliotheken oder erhalte sie durch Tausch, stets finde ich einen Freund mit dem ich meine Bücher austauschen kann. Darüber hinaus habe ich viele male welche bei meinem Freund Hugo gekauft, Bücher aus zweiter Hand, dem Kiosk 17 an der Cuesta de Moyano.

Immer schon liebte ich es zu lesen und zu schreiben und es ist nun wirklich kein Geheimnis: wenn du gut schreiben möchtest, musst du eben auch lesen.

Nagore M.

Madrid-1976
Begeisterter Liebhaber des Kinos und der
phantastischen Literatur, Anhänger von
Amisov und Stephen King. Er machte seine
ersten literarischen Schritte mit der
Präsentation von Kurzgeschichten auf
verschiedenen Literaturwettbewerben. Mit 17
Jahren hatte er sein erstes Buch beendet, eine
Gedichtsammlung, die er vergeblich versuchte
zu veröffentlichen. Anstatt sich von den
entmutigenden Antworten der Verlage
abschrecken zu lassen, entschied er
weiterzumachen und mit noch größerem Eifer
zu arbeiten.
2006 veröffentlicht er seinen ersten Roman
"Die Reliquie" ein Sciencefictionroman, der
ausgezeichnete Kritiken erhielt. 2008
präsentierte er "Ecofa" ein Essay über
Bio-Kraftstoffe , worin er über seine
Erfahrungen in dem Forschungsprojekt an dem

er arbeitet wiedergibt. 2009 veröffentlichte er "Kira and the ice storm". 2010 war ein schwieriges Jahr, aber sehr produktiv. Er beendete "Eco-fuel-FA" ein populärwissenschaftliches Werk auf Englisch und außerdem arbeitete er an verschiedenen literarischen Projekten: "Los Mejores (Die Besten) 2009-2010", "La leyenda de los Tarazashi (Die Legende der Tarazashi) 2009-2010", "El Olfateador (Der Schnüffler) 2010", "Destino la Habana (Schicksal Havanna) 2010-2011", "Compañía N° 12 (Kompanie N°12)".

Zur Zeit arbeitet er als Forschungsleiter an dem Projekt „Escofa". Entwickler des ersten Biokraftstoffes der zweiten Generation, der mittels Bakterien, die aus organischen Abfällen ernährt werden, gewonnen wird. Angulo hat sich als Schriftsteller auf Umweltthemen und Sciencefiction- Literatur spezialisiert.

Aufgrund seiner technischen Kompetenz auf wissenschaftlicher Ebene, präsentiert er in seinen Büchern Innovationen und technische Fortschritte, ja nahezu prophezeit er, was uns die Zukunft bescheren wird, ebenso wie es Jules Verne zu seiner Zeit machte.

Andere Werke des Autors

41

2007 Ecofa , eine machbare Lösung. Verlag Mandala & Lapizcero

42

Synopse

Dieses Werk soll sowohl der Reflexion, als auch der Klärung einiger Dinge dienen. Wir haben nicht die Absicht Frieden zu bringen, sondern Krieg. Aber keine Sorge, wir sprechen von einer Revolution des Denkens und wie man diese Gedanken und Ideen in die Tat umsetzen kann.

Mit diesem kleinen Essay versuchen wir etwas Licht auf das geradezu schon abgedroschene Thema, der kurz vor dem Aus stehenden fossilen Brennstoffe zu werfen und auf jenes, der Biobrennstoffe welche frisch und munter, als machbare und notwendige Alternative unsere Aufmerksamkeit erwecken sollten.

Wir wollen, dass man uns anhört und ohne unnötigen Extremismus unsere Vorschläge ernsthaft mit in Betracht zieht. Wir sind der festen Überzeugung, dass die Sache dies verdient.

Der Vater dieser Erfindung ist **Francisco Angulo**, ein Mann mit grenzenloser Neugier, der mittels Beobachtungen der Natur zu folgender brillanten Idee gelangt ist: die Herstellung ökologischen Treibstoffs, ausgehend von organischen Abfällen, der dazu in der Lage ist das aktuelle Benzin und Diesel zu ersetzen. Die Vorteile sind unbestritten und mit diesem Buch verschaffen wir Ihnen einen guten Überblick. Francisco mittels der Konferenzen, die er im ganzen Land abhielt und den Artikeln die er geschrieben hatte, tatkräftig unterstützt, überzeugt davon, dass es sich um eine revolutionäre Erfindung handelt.

2007 Einen Augenblick nach dem Big Bang. Verlag Wordclay

Obwohl von unserem Blickpunkt aus, viel Zeit seit dem großen Knall vergangen ist, leben wir in Wirklichkeit nur einen Augenblick nach diesem Ereignis und eigentlich könnte man sagen, dass wir auf Grund dessen existieren. Wenn Energie mit Geschwindigkeiten, die nahezu der Lichtgeschwindigkeit entsprechen, bewegt wird, verwandelt sie sich in Materie. So entstand unser gesamtes Universum von einem winzigen Partikel ausgehend, dem Urpartikel. Dieser explodierte und seine Teile wurden mit einer derartigen Geschwindigkeit in alle Richtungen geschleudert, dass das gesamte Universum gebildet wurde. Wir können uns diesen Urknall wie eine Explosion, die ein Feuerwerkskörper produziert vorstellen; wir leben in jenem kurzen Augenblick, in dem er Funken sprüht und den Himmel erleuchtet.

2008 Kira und der Eissturm. Verlag Lulu

Wieder unterwegs durch den Cyberspace von CIAO werde ich diesmal über den zweite Roman von **Francisco Angulo Lafuente** mit dem Titel **Kira und der Eissturm** (*Kira y la Tormenta de Hielo*) berichten. Nach seinem Debüt als Schriftsteller mit **Die Reliquie** (worüber ich bereits eine Stellungnahme geschrieben .ist dieses zweite Buch eine große Herausforderung an den Leser.

Der Autor warnt bereits davor, dass die Lektüre kompliziert erscheinen könne, da keinerlei Übereinstimmung zwischen unserem gängigen Raum-Zeit–Konzept und jenem der hier wiedergegebenen Geschehnisse existiert. Die Interpretation bleibt dem Leser überlassen und er muss auch seine eigenen Schlussfolgerungen zu ziehen. Wahrscheinlich wird er es sogar für notwendig halten einige Kapitel mehrmals lesen, um zu verstehen, was mit Agnux, dem Protagonisten des Romans geschieht. Der Autor selbst meint dazu: *Jeder Weg kann der richtige sein. Tatsächlich können es sogar mehrere gleichzeitig sein.*

Dieses Buch, gleich wie sein Vorgänger, wurde legal von der Webseite heruntergeladen, einem großen Projekt, dass all denjenigen Schriftstellern die Türen öffnet, die sich mit einem ihrer Romane in der Verlagswelt behaupten wollen. Ich möchte Euch dazu ermuntern auf das Profil dieses Autors zuzugreifen (http://angulo.bubok.com/) und Euch einige seiner Werke herunterzuladen. Es ist die Sache wirklich wert.

Darüber hinaus möchte ich mich bei Ihnen für ihr Lesen, Ihre Kommentare und Bewertungen im vorhinein bedanken.

Handlung

KIRA erwacht, bereit dazu einen neuen Arbeitstag als Chirurgin im Krankenhaus anzutreten. Ein schwerer Eissturm überrascht sie und sie ist gezwungen gemeinsam mit einer Gruppe von Menschen Zuflucht in einem asiatischen Geschäft zu suchen. Der Blick nach Draußen ist angsteinflößend, die Temperatur sinkt dramatisch und alles beginnt zu frieren. Der Sturm löst Balken, knickt Bäume um und wirbelt Autos durch die Luft... niemand ist in Sicherheit. Das Geschäft ist nicht ungefährlich und die Gruppe entscheidet sich Zuflucht in dem örtlichen Schutzraum, einer Schule, die sich allerdings in beträchtlicher Entfernung befindet, zu suchen. Eilends schmieden sie einen Plan, um einen Schwerverletzten in Sicherheit zu bringen, der von einem Auto, über das Tim die Kontrolle verloren hatte, überfahren wurde. Inzwischen begeben sie sich auf den Weg zu dem Gebäude, wo sie Überlebende des Unwetters finden sollten.

Parallel dazu, stößt der Wissenschaftler *Agnux*, in Gedanken vertieft, gegen eine Straßenlaterne und fügt sich eine Verletzung an der Augenbraue zu, die nicht zu bluten aufhört. Eine Bekannte aus der Bibliothek bietet ihm ihre Hilfe und außerdem eine Verabredung an, die sie zu einem Paar vereinen wird. *Agnux* hatte das Thema der Liebe immer vernachlässigt und genauso so schnell wie sie kam, verließ sie ihn auch wieder. Eine Krankheit im bereits fortgeschrittenen Stadium beendete das Leben dieser Frau, die wohl die Frau seines Lebens gewesen wäre. Agnux taucht in eine Welt von *Blasen* ein, kleinen Parallel-Universen von Zeit und Raum. Die Einkapselung in diese Gebilde ermöglicht ihm, in der Zeit zu reisen. Er beabsichtigt einige Jahre zurückzugehen und zu erreichen, dass die Ärzte die Krankheit seiner Frau rechtzeitig entdeckten, um sie früh genug zu behandeln und vor dem angekündigten Tod retten zu können.

Alb ist der Leiter eines pionierhaften, wissenschaftlichen Experiments mit einem Apparat, der es erlaubt in der Zeit zu reisen. Dieses ursprünglich wahrhaftig revolutionäre Verfahren endet wegen eines Fehlers katastrophal. Einige der Wissenschaftler sind, während sie Versuche gemacht hatten, verschwunden und Alb widmet sich den Rest seines Lebens, sie wieder an den Ort zurückzubringen, an den sie gehörten.

Mehrere, anfänglich nicht miteinander in Verbindung stehende Handlungsfäden, ziehen sich durch diesen Roman. Wie durch Zauberhand bekommt alles einen Sinn und die einzelnen Geschichten verbinden sich miteinander zu einer Einheit. Was anfangs als sinnlos erscheint, entwickelt sich zu einer hübschen Geschichte mit einem glücklichen Ausgang.

Kritik von: Ángel Luis Wizner Caballero

2008 Eine machbare Lösung. Google Buch. Kritiken der Presse: The New York Times, El País, El Mundo, La Vanguardia, 20 Minutos...

Eine Gruppe von Entwicklern der spanischen Firma Ecofasa, hat unter der Leitung des Direktors und Erfinders Francisco Angulo ein biochemisches Verfahren entwickelt, um den städtischen Hausmüll in einen Rohstoff für Fettsäuren-Biodiesel zu verarbeiten. "Ich arbeite bereits seit mehr als zehn Jahren an der Erzeugung von Biodiesel aus Hausmüll, mittels eines biologischen Verfahrens" erzählte Angulo dem Biodiesel-Magazin. "Mein erstes Patent stammt aus dem Jahre 2005. Dieses wurde zuerst im Jahr 2007 in Soto De La Vega, Spanien, dank des Gemeinderats und seinem Vertreter Antonio Nevado, veröffentlicht."

Die Verwendung von Mikroben, um organisches Material in Energie zu verwandeln ist für die erneuerbare Energiewirtschaft kein neues Konzept und das gleiche gilt für die Vergärung von organischen Abfällen mittels Mikroben, die Abfälle zu Biogas, hauptsächlich aus Methan bestehend, verwandelt. Jedoch ist die Verwendung von Bakterien, um Hausmüll in Fettsäuren umzuwandeln, die dann als Rohstoff zur Biodieselproduktion dienen, ein Wendepunkt. Das Spanische Unternehmen bezeichnet diesen Prozess und den daraus resultierende Kraftstoff Ecofa.

Mein Name ist Phil, ich bin Sergeant der Special Forces und das letzte menschliche Wesen. Ich versuche mit allen meinen Kräften meine Gedanken zu ordnen, vorwärts zu kommen und nicht zusammenzubrechen, aber der Virus breitet sich in meinen Körper aus und vergiftet meinen Geist. Mein Herz schlägt, als ob es jeden Augenblick zerplatzen würde. Ich spüre unbeschreibliche Schmerzen, mein Gehirn scheint sich zu entzünden und gegen meinen Schädel zu drücken. Der Hass, und die Wut sind unkontrollierbar geworden. Ich schleppe mich weiter, wohl wissend was mein Schicksal ist...

2009. Die Legende der Tarazashi. Verlag Smashwords

Mein Volk lebte immer in Harmonie mit der Natur, denn die Erde war unsere Mutter. Unser Reich erstreckte sich im Norden bis zu den großen Bergen und im Süden reichte es bis an den großen Fluss. Das war alles was wir kannten, niemand von uns hatte dieses Gebiet jemals verlassen. Mein Großvater erzählt mir Geschichten über unser Volk, wenn wir abends in der Wärme des Lagerfeuers sitzen. Er erzählt, dass unsere Vorfahren die verschneiten Gipfeln der hohen Berge überqueren mussten, da sie Nomaden waren, die ohne festem Ziel wanderten und von dem lebten, was sie auf dem Weg fanden. Nach der Ankunft an diesem wunderschönen Platz, wurde ihnen durch einen Traum die Fähigkeiten dieses Land zu kultivieren, offenbart. Jetzt hatten wir Nahrung im Überschuss und es war nicht mehr notwendig weiterhin auf Wanderschaft zu gehen. Unsere Ernährung war hauptsächlich vegetarisch, außer in Zeiten des Mangels; in den harten Winter griffen wir auf die Jagd zurück. Da alle Lebewesen des Waldes Teil unserer Familie waren, versuchten wir so wenig wie möglich einzugreifen, damit Mutter Natur ihre Arbeit tun konnte.

Das Gedächtnis versagt mir immer mehr. Vor Jahren schon hörte ich mit dem Alkohol auf, aber weiterhin erwache ich jeden Morgen verkatert. Möglicherweise bin ich auf der Couch eingeschlafen, sobald ich von der Arbeit gekommen bin, also kein Grund alarmiert zu sein...

Heute habe ich beim Arzt einen Termin und ich hoffe sehr, dass alle Untersuchungen positiv sind, denn ich kann mir einen Krankenstand nicht erlauben, außerdem ...mit meinem Alter, sicher würden sie mich in Frührente schicken. Daran darf ich nicht einmal denken, ich habe mein ganzes Leben meiner Arbeit gewidmet und wüsste nicht was ich ohne sie machen sollte.

Obwohl ich Mord- Inspektor bin, ist meine Arbeit bei der Polizei nicht allzu glorreich: in der Regel muss ich Papiere ausfüllen, Anzeigen und Beschwerden zu Grundstückstreitigkeiten zwischen Nachbarn aufnehmen und gelegentlich den Tod eines Stück Viehs untersuchen. Mein Gedächtnis wurde im Laufe der Jahre immer schlechter, aber ich erinnere mich noch deutlich an einen Fall im Sommer 88: den Mord an der kleinen Lisa. Der Fall erschütterte die ganze Stadt und sogar im nationalen Fernsehen wurde davon berichtet. In meiner Freizeit sammle ich noch immer Informationen über den Fall, in der Hoffnung eines Tages die Schuldigen zu erwischen.

Die Reliquie

2006. Die Reliquie. Veröffentlicht bei Verlag
Mandala

• • • •

Die Reliquie - die perfekte Verbindung von Wissenschaft und Fantasie

INHALT

KASTANIENBRAUNE AUGEN sorgt für den Beginn dieses Romans. Ihre Geschichte wird uns von einem ganz speziellen Erzähler geschildert: der Reliquie, die zunächst als Kultstatue in Erscheinung tritt und von dem Stamm, zu dem *Kastanienbraune Augen* gehört, verehrt wird.

Dann erscheinen neue Charaktere, wie der Lastwagenfahrer Leon, der kleine Elias, die Gefangenen Cagalubias und Plano, das komplexbeladene Mädchen Maria... alle mit ihren eigenen Geschichten, die uns anfänglich glauben lassen, dass diese unterschiedliche Menschen nichts gemeinsam haben, aber im Laufe des Romans tauchen allmählich Verbindungen zwischen ihnen auf.

Die Reliquie, auf Reisen und ständig den Ort wechselnd, erzählt vom Vorbeiziehen der verschiedensten Zivilisationen, alles was anfänglich den Leser eventuell durcheinander bringen könnte, ergibt bis zum Ende der Geschichte einen Sinn. Die kleine Statue, die für das Dorf von *Kastanienbraunen Augen* Gott vertritt, war auf unseren Planeten gekommen, um eine wichtige Mission zu erfüllen. Die Zeit ist zu Ende und die Reliquie ist kurz vor der Vollendung ihrer Aufgabe, aber dazu muss sie all ihr Wissen an denjenigen weitergeben, der ihre Mission beenden soll.

Der gesamte Roman ist von Kapiteln mit wissenschaftlicher Thematik durchwachsen und behandelt Themen wie die schwarzen Löcher, die relative Lichtgeschwindigkeit oder die Entstehung des Universums mit Erklärungen die für uns alle verständlich sind.

Ebenso gibt es einige Kapitel mit unterschiedlichsten Inhalten, wie jenem über den Tsunami, der 1868 über Arica hereinbrach oder jene über Erfindungen, wie z. B. die Rettungsweste, die sich bei Kontakt mit Wasser erwärmt.

Würden Sie es empfehlen? Definitiv Ja, denn dieses Buch ist anders, egal wie viele sie auch gelesen haben mögen. Außerdem stellt es den ersten Kontakt zwischen Francisco Angulo und seinen potentiellen Leser her.

Kritik von: Angel Luis Caballero Wizner

Kompanie N°12

Dies ist eine wahre Geschichte. Francisco ist ein junger Mann von 19 Jahren, der zum Militärdienst einberufen wird. Er weiß nicht, dass ihn dieser Ort für immer verändern wird und er um sein Leben kämpfen muss.

Über die Kompanie Nummer 12 gibt es eine Vielzahl von Legenden; Geschichten über gespenstische nächtliche Erscheinungen, gequälte Seelen, umherirrende Geister, Gespenster die Soldaten angreifen und töten. In den militärischen Berichten erscheint eine unendliche Liste von tödlichen Unfällen; junge Menschen, die ihr Leben in Ausübung ihres Dienstes verloren haben, auf Grund von mehr oder weniger ungeklärten Ursachen.

Die Namen der handelnden Personen wurden geändert und die Begründungen und Beweise zu den Tatbeständen, die zum Tod der großen Anzahl von Jugendlichen geführt haben sollen, sind reine Spekulation. Bis heute sind die Geschehnisse, die in der Kompanie Nr. 12 stattfanden, nicht wirklich geklärt.

DEMNÄCHST

58

Did you love *Dinge die Du nicht tun solltest, wenn Du Schriftsteller werden willst*? Then you should read *Commander Valentina Smirnova*[1] by Francisco Angulo de Lafuente!

[2]

Commander Valentina Smirnova

In an era when women had no voice or vote and were frowned upon outside of the kitchen, Valentina Smirnova flew her Polikarpov I-16 fighter plane fighting against Franco's Fascists, Mussolini's Fascists and Hitler's Nazis in the skies of war-torn Spain.

Russian snipers. The Nazis were losing their minds over those women.

Lyuba Vinogradova

At the end of this book an explanatory annex has been added, about basic combat flight maneuvers used at that time. The era of propellers,

---

1. https://books2read.com/u/3yQ7El

2. https://books2read.com/u/3yQ7El

when piston engine aircraft - Hispano-Suiza, Daimler-Benz or Rolls-Royce Merlin - dominated the skies. Although this is a historical novel documented on real events, both the plot and characters are fictitious. Some authentic details have been altered according to the needs of the fiction.

Read more at https://twitter.com/Francisco_Ecofa.

Also by Francisco Angulo de Lafuente

Eco-fuel-FA (ECOFA) A viable solution
El Olfateador нюхальщик
Kira y la Tormenta de Hielo
Los Mejores (The Best)
То,что Вы не должны делать ,чтобы стать писателем

Compañía Nº12
Destino La Habana - Destination Havana
EL OLFATEADOR
La leyenda de los Tarazashi
LÁZARO RIP
Estrella fugaces en el cielo de verano
Commander Valentina Smirnova
Escapando del Infierno
Comandante Valentina Smirnova
Freak - El Circo de los Horrores
INVADERS La invasión ha comenzado
The Sniffer
Una boda gitana y un funeral escocés
Freak - The Circus of Horrors
Escaping from Hell
Shooting Stars in the Summer Sky
Cosas que no debes hacer si quieres ser escritor
Destination Havana
The Relic

Invaders the Invasion Has Begun
Lazarus - rip
Kira and the Ice Storm
The Best
The Legend of the Tarazashi
Commandante Valentina Smirnova
La Relique
Dinge die Du nicht tun solltest, wenn Du Schriftsteller werden willst
Eco-fuel-FA (ECOFA) second generation biofuel
El Olfateador
La Reliquia
Lázaro Project

Watch for more at https://twitter.com/Francisco_Ecofa.